锡沛诗词集

郝锡沛 著

经济日报出版社

图书在版编目（CIP）数据

锡沛诗词集 / 郝锡沛著 . -- 北京：经济日报出版社，2023.11

ISBN 978-7-5196-1352-5

Ⅰ . ①锡 … Ⅱ . ①郝 … Ⅲ . ①诗词 – 作品集 – 中国 – 当代 Ⅳ . ① I227

中国国家版本馆 CIP 数据核字（2023）第 200968 号

锡沛诗词集

XI PEI SHI CI JI

郝锡沛　著

出　　版：经济日报出版社
地　　址：北京市西城区白纸坊东街 2 号院 6 号楼 710（邮编 100054）
经　　销：全国新华书店
印　　刷：北京虎彩文化传播有限公司
开　　本：710mm×1000mm　1/16
印　　张：15.5
字　　数：80 千字
版　　次：2023 年 11 月第 1 版
印　　次：2023 年 11 月第 1 次印刷
定　　价：88.00 元

本社网址：edpbook.com.cn　　　　微信公众号：经济日报出版社

本社法律顾问：北京天驰君泰律师事务所，张杰律师　举报信箱：zhangjie@tiantailaw.com
举报电话：010-63567684
本书如有印装质量问题，请与本社总编室联系，联系电话：010-63567684

贺《锡沛诗词集》付梓

锡沛者，才女也。幼习诗骚，长攻书画，喜收藏、擅鉴定。数十年间，吟咏不绝，近闻大作付梓，遂欣然有贺，诗曰：

幽燕何处紫霞明，几度来听丝竹声。
彩笔时随杨柳舞，金瓯常共玉山倾。
月来笺上浮金蕊，灯暖镜中绽绿英。
似有云从窗上过，玉真清影作歌行。

林　峰

癸卯初春于京东一三居

林峰，中华诗词学会副会长兼理论研究与评论部主任、《中华诗词》杂志常务副主编。

为《锡沛诗词集》所作序言

盛夏时节，郝锡沛女士寄来她的诗词集和信函，期望余以文字品评之。展读郝女士尺素，典雅流畅，叙事铺陈，持礼有节，颇具士人之风。再细读她的诗词，洋洋洒洒百余首，虽自言多是『有感而发，兴来偶为之以寄意』，然篇篇用力甚工，句有造境高标，字若连缀珠玑，格律韵脚亦不出篱囿。吟诗填词如此，当代作者真难能可贵。于暑热蒸腾之际，品赏这些佳作不啻一股清凉之风，沁人心脾，大有屈原《楚辞招魂》句『挫糟冻饮，酎清凉些』之意趣。知晓诗词集中有多首作品曾在全国诗词刊物上发表并获奖，更欣慰于佳作能借助新锐之传播方式分享于大众，广为流传。

早年我有周末到京城琉璃厂观书赏宝的雅好。每次到友人所开『观音堂』时，都要经过一家经营名家书画的店面，常见一淑女当堂打理，每每友善地向我颔首致意，印象甚佳。今观郝女士诗词稿笺，品鉴之际方晓竟是当年丽人，加之近些年也曾欣赏过郝女士的书法，笔意幽古，气象清新。回想往事，油生『当年红妆藏素锦，剪成苏惠璇玑诗』之感慨。自古以来，大凡女性吟诗填词且精通音韵、弄墨敷彩者，皆可登才女之列，郝锡沛女士无疑是当代才女。

诵读撷取的百首诗词，总体而言，于诗可谓五言古雅、七绝七律句工；于词可谓短词谐趣、长调意深；于内容可谓以女性特有之观察角度，记事抒怀、思古寓今；于创作技法可谓运用赋比兴，述风物而起意、择文辞以渲染、构佳句成篇章；于风格可谓描绘委婉细腻、用典恰当深邃、遣词拟古多彩，彰显了作者厚重的文化底蕴和艺术修养。

如对仗：

『野水流回喧愈静，山风引入暑还寒』（《七律十章赋咏陶然亭之醉翁亭放怀》）。『赤胆一身昭日月，辞章千载引浪潮』（《七律十章赋咏陶然亭之独醒亭前怀屈子》）。『苏堤诗意知幽趣，陶菊情怀见璞真』（《七律十章赋咏陶然亭之陶然亭》情思）。『殊声胸次豁，妙契具同尘』（《五律·赞小女筝曲〈海之波澜〉》）。『掌上星辰编纪月，袖间云雨化甘泉』（《登蓬莱阁呓语》）。『灵槐蓊郁垂花影，吉鸽悠闲闻妙香』（《拜谒正定隆兴寺》）。

如佳构：《浣溪沙·戏作词牌名偶成此阕》《满庭芳·琉璃厂述怀》《行香子·乙未除夕》《西江月·听小女弹筝》《满江红·端午赋怀》。

如哲理见识：见诸若干临帖观画诗及获得名家书画之纪念诗作，『放眼书坛驰骋辈，几人能写自家诗』（《敬观沈鹏先生书法呈韵》）。『腕底应驱神鬼聚，毫端可与太虚争』（《临摹赵松雪法帖赋此纪怀》）。『妙入毫端留舍利，韵融腕底绝埃尘』（《喜获赵朴初宗师书法两幅以记之》）。『敦煌借得唐人笔，妙写东坡笠屐图』（《观张大千〈东坡笠屐图〉》）。

如意境字眼：『火轮乘浪起，赐我满怀金』（《临江仙·东戴河止锚湾观日出》）。『鉴霜雪姿，劲苍奇节，只合作诗邻』（《少年游·杜甫草堂竹园春日遇雨寄兴》）。『白云牵衣越峰风。眼随碧野阔，神拟太苍翔』

（《临江仙·丰宁坝上》）。『分明玉立貌依稀』（《虞美人·夜读纳兰》）。『搅动银花千尺浪』（《浪淘沙令·壬寅冬奥会开幕即吟》）。

如追随古法：《风入松·谒南粤光孝寺》中遣词染就古寺气氛，妙用佛教偈语，将心之所悟与词之韵律完美结合。有的诗词还善于使用古诗词之常用字浩渺、浉涔、冥心玄化，又常常以檐牙、窗纱、灯影、弦管、凝香来营造诗意梦境。《观彦水兄山水画作即目》中用典东汉魏伯阳作《周易参同契》，托易象论炼丹，以丹法连丹青。《二赋鹧鸪天》咏三门峡白天鹅》戏语叠字、诙谐轻灵，《鹧鸪天·游白洋淀随想》河鲜菜蔬皆可入词而雅趣横生，其间可品出唐宋诗词大家用笔的韵味。《鹧鸪天·惠来寄意》更是明显的宋代词人周邦彦、姜夔的笔法。

中国古典诗词所以称其为诗词，关键在于它是区别于文、赋、曲、小说的独特艺术表现形式。而离开历代形成的格律音韵方面要求和规定，诗词也就称不上传统意义上的诗词，至多可以戏称之『顺口溜』或『民谣』了。大凡历代著名诗人词家之传世名作，无不按照诗词格律等规则去巧构文辞之丽采，抒发精神之抑扬，如此方能朗朗上口，流传千古。期待着像郝锡沛女士这样的当代中国古典诗词创作者，能够坚守前人章法，结合时代精神和大千风物，以个人独特的视角和感怀，吟咏出更多绚丽生姿的华彩诗篇。

这里引用郝锡沛女士《浣溪沙·喜见香山卧佛寺蜡梅盛开》中的词句来综括她这部诗词集的意蕴：『不肯皎然争腊雪，只将孤艳散幽芬。故留禅意润清文』。

是为序。

辛旗　岁在壬寅立秋写于京城彝堂

辛旗，中华文化发展促进会前副会长，中国国际友好联络会党组书记、副会长。

目录

浣溪沙·戏作词牌名偶成……一
学　诗……二
观蒋兆和书画大师110周年诞辰『不尽丹心』特展抒感……三
行香子·咏雪……四
谒西泠印社……五
拜谒正定隆兴寺……六
菩萨蛮·学诗……七
临江仙·东戴河止锚湾观日出……八
敬观沈鹏先生书法呈韵……九
孤山访林逋仙踪……一〇
浣溪沙……一一

观张大千《东坡笠屐图》…………一二
观曾翔书法视频敬呈一律…………一三
二绝句赋景山公园牡丹盛开…………一四
醉翁操・有感李可染大师《井冈山》…………一五
论画十韵…………一六
观老舍先生藏画展…………二二
浣溪沙・夏日怀柔雁栖湖写真…………二三
谢雪彡翁赠《富贵花狸图》…………二四
如梦令・赏菊有见…………二五
问道京西圣莲山…………二六
青玉案・缅怀陈大章先生…………二七

潘天寿《鹰石山花图》……二八
登京郊云蒙山赋怀……二九
满庭芳·琉璃厂述怀……三〇
韵赞娄师白先生小鸭子……三一
鹧鸪天·夏威夷印象……三二
痛惜歌者姚贝娜……三三
满江红·端午赋怀……三四
夏日京东怀柔响水湖休闲……三五
行香子·乙未除夕……三六
畅游尼亚加拉大瀑布……三七
浪淘沙·观反法西斯胜利七十周年大阅兵即赋……三八

笔墨宗师石涛山水画造诣炉火纯青近现代无人能及……三九
韵赞谭维维华阴老腔……四〇
少年游·杜甫草堂竹园春日遇雨寄兴……四一
又得黄均先生《墨竹》二轴……四二
临江仙·乙未中秋寄意……四三
观彦水兄山水画作即目……四四
画堂春·秦淮寻梦……四五
江南春·古镇西塘掠影……四六
观宾翁山水敬呈二韵……四七
盆景园赏柏有韵……四八
赏西晋陆机草隶书《平复帖》致敬张伯驹先生……四九

西江月·听小女弹筝……五〇
为毓亮兄台作……五一
水调歌头·美国科罗拉多大峡谷咏怀……五二
书画笔会观友人作画戏赋……五三
怀柔雁栖湖『虹鳟鱼一条沟』山吧农家……五四
三赋鹧鸪天……五五
清平乐·拜年……五八
早春金陵梅花山观梅……五九
阮郎归·过西泠忆苏小小……六〇
题友人画作《达摩面壁图》……六一
水龙吟·乙未年股市有感……六二

寄语南京梧桐……六三
梅园新村见周总理雕像敬怀……六三
拜谒中山陵……六四
浣溪沙·观蒋邦月先生画作《黄山》……六五
喜获赵朴初宗师书法两幅以记之……六六
少年游·年少……六七
锦缠道·香山赏红叶……六八
为尚锡彤先生寿……六九
丙申三八节有寄……七〇
浪淘沙·咏兰……七一
满庭芳·法源寺赏丁香……七二

见一代猫翁孙菊生《百猫图卷》1986年挂历赋句……七三
浪淘沙·一轮忧伤秋月夜……七四
鹧鸪天·诗友雅集……七五
琉璃厂古籍书店淘书小记……七六
蓄养金鱼已有年……七七
观人画鹰……七八
七律　韵寄画家李启旺《牡丹蝴蝶图》……七九
高阳台·哈佛校园漫步随想……八〇
夏日雨后漫步香山……八一
赞故宫御花园墨牡丹……八二
故宫御园牡丹『二乔』……八三

鹧鸪天・惠来寄意……八四
感邱士杰先生临摹敦煌壁画选展……八五
浪淘沙・红军长征过韶关……八六
京西大觉寺赏玉兰……八七
五律　赞小女筝曲《海之波澜》……八八
七律十章赋咏陶然亭……八九
得白蕉先生墨兰感作……一〇〇
题张光彩兄画作《榴实图》……一〇一
少年游・杜甫草堂忆诗圣……一〇二
见嘉德春拍《一角小楼画语温——常任侠藏珍》缅忆常公……一〇三
拜谒大佛寺……一〇四

偶有闲寄　一〇五
风入松·谒南粤光孝寺　一〇六
贺《诗刊》创刊六十周年　一〇七
清平乐·滨海晓唱　一〇八
卜算子·端午风物之菖蒲　一〇九
湘湖情思　一一〇
临江仙·黄鹤楼追梦　一一一
绝句二首为画家范艳群美之　一一三
二赋鹧鸪天　咏三门峡白天鹅　一一四
夜宿密云云湖度假村晨起远眺　一一六
故宫武英殿敬观赵孟頫《胆巴碑》卷　一一七

蝶恋花·写个莲荷——一一八
见住家里仁街墙报新添《宜居赋》有感——一一九
歌我家绿萝——一二〇
浣溪沙·西山雨后——一二一
七律　韵赞故乡橙橘——一二二
故宫武英殿敬观赵孟頫《秀石疏林图》——一二三
故宫燕翅楼观《千里江山图》感怀王希孟——一二四
小重山·西湖断桥漫忆——一二五
赞京西戒台寺雪中松——一二六
丁酉年重过三峡——一二七
读屈原研究专家谭家斌先生数本文集有作——一二八

又得阿老画作西班牙响板舞并缅怀先生 …… 二二九
水龙吟·致敬嘉德拍卖师 …… 二三〇
读黄庭坚《花气熏人帖》后 …… 二三一
题画钟馗 …… 二三一
浣溪沙·神农架香溪源探幽 …… 二三二
拜谒神农祭坛敬呈一律 …… 二三三
赞九天居士刘晓林 …… 二三四
风入松·又喜得画家醉林兴《贵妃醉酒图》漫咏 …… 二三五
临江仙·有寄 …… 二三六
明城墙遗址公园探梅 …… 二三七
明城墙遗址公园赏梅 …… 二三八

踏莎行·咏绿萝……一三九
观齐白石画展敬呈……一四〇
故宫武英殿敬观李白《上阳台帖》真迹……一四一
鹧鸪天·游白洋淀随想……一四二
白洋淀秋日雨后所见……一四三
白洋淀一日游即景……一四四
虞美人·夜读纳兰……一四五
漫赋二绝为助片石兄台逸兴……一四六
临江仙·丰宁坝上……一四八
天路草原掠影……一四九
登蓬莱阁呓语……一五〇

天命之年始学书自嘲……一五一
观于右任「为万世开太平」书法作品展……一五二
房山张坊镇大峪沟村道中……一五四
收克石兄《柿柿如意图》寄韵……一五五
临帖《兰亭序》……一五六
观沈鹏先生「闻道未迟」诗书大展敬呈一律……一五七
五律　为红星宣纸咏……一五八
西江月・平谷金海湖泛舟……一五九
正定瞻龙藏寺碑……一六〇
为陈大章先生金碧山水赋……一六一
八声甘州・临《黄州寒食帖》怀东坡……一六二

2019 北京妫川世园会有怀绝句二首 …… 一六三
七律　呈画家李星洲《云岭幽居图》 …… 一六四
读黄庭坚《松风阁诗帖》后 …… 一六五
东戴河夏日晚眺 …… 一六六
闲步海滩 …… 一六七
七律　故里告屈公 …… 一六八
临摹赵松雪法帖赋此纪怀 …… 一六九
卜算子・法源寺赏丁香 …… 一七〇
孔庙国子监赏百年紫藤花 …… 一七一
偶拾得山水小景石有吟 …… 一七二
拜谒古刹潭柘寺 …… 一七三

小女首次教筝感怀……一七四
有感学书……一七五
雪晚漫步……一七五
西江月·莫名感怀……一七六
庚子新年武汉疫情致敬钟南山院士……一七七
汉宫春·庚子立春日遣怀……一七八
鹧鸪天·庚子雨水宅吟……一七九
庚子春日咏槐……一八〇
浣溪沙·庚子疫情解封香山漫步……一八一
南海子公园秋日即景……一八二
好事近·新得翠笔杆喜吟……一八三

辛丑除夕用韵 一八四
浣溪沙·喜见香山卧佛寺蜡梅盛开 一八五
卜算子·京西香山卧佛寺赏蜡梅 一八六
辛丑『三八节』致敬卫夫人 一八七
鹧鸪天·怀柔乡村春晨即景 一八八
临杨凝式《韭花帖》感赋 一八九
为黄鹂小鸟咏（新韵） 一九〇
再临《韭花帖》后 一九一
水调歌头·金山岭长城随想 一九二
临《自书告身帖》与颜鲁公语 一九三
韵寄耿毓亮兄台写意《秋趣图》 一九四

七绝　赞毛继昆先生写意牡丹……一九五
为毛继昆先生写意孔雀赋咏……一九六
临颜真卿《祭侄文稿》感赋二绝……一九七
陶然亭中秋看月……一九八
浪淘沙令·壬寅冬奥会开幕即吟……一九九
贺苏翊鸣单板滑雪大跳台夺金……二〇〇
赞首钢滑雪大跳台……二〇一
看冬奥高山滑雪后戏作……二〇二
望海潮·赞《雪中悍刀行》之剑神李淳罡……二〇三
蝶恋花·伊人如梦……二〇四
洞仙歌·夏日宿山居纪事……二〇六

京东蓟县盘山览胜（新韵）…… 二〇七
答百度周小弟并自嘲耳 …… 二〇八
【仙吕宫】后庭花·广场舞 …… 二〇九
天净沙·西湖秋思 …… 二一〇
【南吕宫】骂玉郎过感皇恩采茶歌·农民工随想 …… 二一一
【正宫】醉太平 …… 二一二
后　记 …… 二一三

浣溪沙·戏作词牌名偶成

几度低吟《蝶恋花》，浮槎诗海《浪淘沙》，陶然不觉《鬓边华》。

拙处勤求《翻翠袖》，闲时力行《炼丹砂》，秋光成绮《散余霞》。

学诗

初临八法非常事，费纸涂鸦且任之。
诸体融通知美妙，诗书一卷是吾师。

观蒋兆和书画大师110周年诞辰『不尽丹心』特展抒感

半部流民卷，东西画法融。
挥毫歌善美，落墨泣哀鸿。
应谢丹青手，非因造化工。
殷殷无限意，谁敢比斯翁。

行香子·咏雪

月桂冰钗，玉阙遥来。应冬约、莫负情怀。清寒冷夜，碧宇轻开。醉眸中雪，雪中梦、梦中槐。

琼花铺地，枝上霜皑。兆丰年、万物和谐。银绡雅素，梦影诗裁。任酒成诗，诗成海、海无涯。

谒西泠印社

西泠结社建高瓴，名胜名流共岁青。

一脉龙泓兴万象，长濡方寸墨花馨。

拜谒正定隆兴寺

宁神施礼谒禅林，法雨香风扑俗襟。
斗拱飞檐乘势起，红墙碧瓦落幽深。
灵槐蓊郁垂花影，吉鸽悠闲闻妙音。
菩萨通身皆手眼，始能看透世人心。

菩萨蛮·学诗

晚来也把诗书弄，音频教室音频送。雅韵漾心怀，解人疑惑开。

云笺佳句好，任我诗思缈。思绪漫无边，适然聊赋闲。

临江仙·东戴河止锚湾观日出

雾霭曚昽妆半露，晨风轻奏清音。波间乍裂水云心。火轮乘浪起，赐我满怀金。

顿觉一身光潋滟，氤氲湔涤胸襟。忘形浅唱复高吟。此情何处寄，天际梦魂深。

敬观沈鹏先生书法呈韵

（一）

先生草法逞雄姿，高品原来不可师。
放眼书坛驰骋辈，几人能写自家诗。

（二）

辣笔纷披化境奇，返虚浑入蕴千姿。
清标独蔚高情炽，古崛常新鉴此斯。

孤山访林逋仙踪

先生庐舍百千春，放鹤听泉迥世尘。
何幸遗留千古句，香浮疏影已侵人。

浣溪沙

金鸿钧先生乃工笔花鸟大家。曾绘花卉赠我。我以先生所绘其中几幅获奖作品名拟一阕谢之。

《万紫千红》斗艳装，《生生不已》永绵长，《凌霄白羽》志高扬。

《幽谷玉妆》风有致，《雨林晨曲》雀呼忙，《满园春色》好风光。

观张大千《东坡笠屐图》

艺苑唯公与众殊，清才逸趣世间无。
敦煌借得唐人笔，妙写东坡笠屐图。

观曾翔书法视频敬呈一律

眼前能者似颠张，络素裁缣醉墨香。
枯柏千姿横翠壁，秋云一穗曳虚茫。
大呼风雨旋声起，小叫龙蛇骇势藏。
笔贵创新兼妙趣，抖音拍照引人狂。

二绝句赋景山公园牡丹盛开

景山公园牡丹盛开，香递暖风，叶笼轻霭。酣香染彻仙衣，多少意绪对花慰藉。

（一）

四月春光御苑看，雍容华贵冠雕栏。
不知几个凡尘客，洪福能修到牡丹。

（二）

翲烟簇簇曳云霞，欲语翩翩展翼纱。
一顾方生情愫句，挥笺尤对数枝斜。

醉翁操·有感李可染大师《井冈山》

2015年5月嘉德春拍此幅巨作。

浑然，峰峦，霞烟，满山间，缠绵，红旗映军民心田。似飞流奏鸣弦，别有天。不泥古前贤，立创宗派诗意篇。

井冈独咏，遐想无边。井冈独绘，笔致精微雅妍。情系潺潺流泉，意属巍巍崖巅，登攀犹少年。翁今为飞仙，瑞鹤自悠闲，可来场上几盘旋。

论画十韵

（一）

东晋顾恺之《洛神赋图》

神理人心两不猜，陈王文赋畅胸怀。
丹青妙手同迁想，一卷珍图绚丽开。

（二）

唐阎立本《步辇图》

丹青步辇话初唐，大国恩威洽四方。
汉藏联姻亲笃睦，画师纪实绘端详。

（三）

唐张萱《虢国夫人游春图》

张萱擅写绮罗身，虢国夫人独占春。
若谓盛唐新气象，骅骝雄健绝风尘。

（四）

唐韩滉《五牛图》

辣手粗匀不吝悭，匠心独运笔毫间。
民熙物阜勤耕凿，异瑞雄浑岂等闲。

（五）

南唐顾闳中《韩熙载夜宴图》

屈铁盘丝赋笔新，摹人意态最传神。
座中谁比韩熙载，顾影颓然几乱真。

（六）

北宋王希孟《千里江山图》

不负英才一卷情，无根远黛积深清。

墨凝仙韵愈青绿，弥漫千年瑞霭盈。

（七）

北宋张择端《清明上河图》

妙笔天工别一家，穷情状物记繁华。

众生百态呈图卷，忧乐兴衰独叹嗟。

（八）

元黄公望《富春山居图》

子久披麻浅绛呈，天工意境鉴身清。
林峦隽秀浑无我，可证当时泼墨情。

（九）

明仇英《汉宫春晓图》

百态千姿入画图，晨烟花柳拥皇都。
妍浓敷彩皆堪悦，灵气朝来尽可呼。

（十）

清代郎世宁《百骏图》

修士中西画法融，遗珍百匹逐云骢。

偕行嬉罢巡燕北，独影嘶鸣动朔风。

观老舍先生藏画展

己未年二月五日在中国美术馆观老舍、胡絜青先生收藏展之由老舍属诗白石应画《蛙声十里出山泉》有感。

清音一曲自崖巅，腕底神来别有天。
山转溪奔蝌蚪闹，蛙声十里墨云烟。

浣溪沙·夏日怀柔雁栖湖写真

水色虚含宝镜和，素辉廊影入沧波，望中远黛拥青螺。

烟柳翠飞长袂舞，雪鹅飒唱羽仙歌，风衔露蔓戏金蛾。

谢雪乡翁[1]赠《富贵花狸图》

毫端造化夺天工，惠我狸奴乳虎同。
日日花间戏蝶舞，牡丹香里醉春风。

①雪乡翁：著名画家孙菊生，以画猫著称。

如梦令·赏菊有见

喜见蛱蝶飞绕，原是东篱花好。幻影舞迷离，一任行人欢笑，枝俏，枝俏，中有赏花白老。

问道京西圣莲山

京西圣莲山，明代时京畿八景之一。素有『京西小五岳』之美誉。过二十八星宿到达主景区峰顶。道教和佛教的聚集之地。

问道圣莲山，峰巅易可攀。
千阶仙带领，万仞雾当班。
石米晶莹润，神牛横霸蛮。
会须朝阙去，隐现彩云环。

青玉案·缅怀陈大章先生

仲春时节晴方好，满眼是、梨花姣。鹤驾青冥花雨罩。先生如在，颜同星皎，莫撰伤心稿。

仙登瑶境尘皆藐，笔底青山应难老。董巨荆关①同一抱。人间天上，纸张丰犒，续写情难了。

①董巨荆关：指董源、巨然、荆浩、关仝，中国五代至北宋初期山水画家。

潘天寿《鹰石山花图》

2015年5月嘉德春拍此件巨作，以绝句记之。

拈笔微勾巨石开，墨花闪处化苍苔。
雏鹰有意翔双翅，为恋山花弄影来。

登京郊云蒙山赋怀

登峰步岭在云端，我与崖松相见欢。
只惜眼前山色好，幻游何处不惊澜。

满庭芳·琉璃厂述怀

槐影参差，沁人香气，眼中甍栋雕梁。闬闳丹柱，辞彩证沧桑。街古悠悠韵雅，润斯地、辉耀文光。精华萃，奇葩水印，技艺响当当。

茫茫，开俗眼，精钞旧刻，遗帙煌煌。览典藏金石，聊供评量。多少鸿儒手迹，到今日、难掩锋芒。凭栏望，丹青巨擘，千古气轩昂。

韵赞娄师白先生小鸭子

寄萍堂上是先师①，物卉传神未足奇。

只羡鸭儿轻岁月，百般造化得仙姿。

①寄萍堂上：齐白石先生，别署寄萍堂上老人。

鹧鸪天·夏威夷印象

胜境天开梦幻乡，熔岩仙岛历洪荒。碧波浩渺千帆动，檀树凝香百鸟翔。

沙吻贝，舢追浪。婆娑椰影拽斜阳。只今犹记草裙舞，情漫游轮步翠珰。

痛惜歌者姚贝娜

风华待展，一个极富才华的歌者，就这样香消玉殒。可恨兮病魔，痛哉惜哉姚贝娜，很喜欢你的歌声，小诗以遥奠。

蓬阆丝弦音渐起，仙迎歌女展清喉。
骖鸾驭鹤作西游，俗骨尘心苦度秋。

满江红·端午赋怀

何处招魂？湘江畔、涛声未歇。今又是、粽香时节，竞舟激烈。裁锦赋章怀碧水，修身求远凌银阙。思夫子、持剑引高歌，空悲切。

天下事、兴亡叠。真与善，相联结。看今朝华夏，鼓音清越。一带路开春色好，九州唱和同心结，唯真理、启领舵航行，谁能遏。

夏日京东怀柔响水湖休闲

落嶂奔雷雪浪飞，空蒙云气润心扉。
潺湲更待何时已，响水湖边赋采薇。

行香子·乙未除夕

吉日维良，春满庭芳。未羊年、清泰祯祥。一觞乡酒，尊拜高堂。乐人儿圆，桌儿满，话儿长。尽娱欢笑，盈声妙响。此良宵，垂庆无疆。这厢锡沛，一炷檀香。祷友多福，师多寿，国隆昌。

畅游尼亚加拉大瀑布

银汉千年雪浪花，洄崖沓障逗云崖。
金波玉液清尘面，湿尽衣衫梦醉耶。

浪淘沙·观反法西斯胜利七十周年大阅兵即赋

盛典炮声隆，歌震苍穹，飞奴万羽舞晴空。七秩和平来祝愿，寰宇心同。

幽燕起豪雄，华夏腾龙，铁流滚滚势汹汹。再看三军仁者气，谁与争锋？

笔墨宗师石涛山水画造诣炉火纯青近现代无人能及

我爱清湘画，氤氲万象新。
开今融古法，意气得天真。
苔点啄蒙郁，奇峰冠绝伦。
青红山树里，开谢不关春。

韵赞谭维维华阴老腔

擎奏铜盘卷朔风，一声嘶吼大江东。
最欣古调添新韵，俗雅方能意蕴融。

少年游·杜甫草堂竹园春日遇雨寄兴

风生龙啸竟何因？嫩笋欲凌云。云来天外，雷惊蛰起，微雨众芳新。

新篁袅袅辞重箨，青翠秀天真。鉴霜雪姿，劲苍奇节，只合作诗邻。

又得黄均先生《墨竹》二轴

虚心劲节峭玲珑，犹闻清声响素空。
与可渭滨千亩竹①，斯翁妙手藏胸中。

①与可：文同，字与可，北宋画家、诗人，善画竹，开创湖州竹派。

临江仙·乙未中秋寄意

今夜蟾宫何赖寂！清风触动闲愁。也随李杜赋诗柔。漫将平仄韵，辗转笔端流。

祈愿人间无怨苦，同沾甘露清沤。我心澄澈胜高秋。芳樽多少意，明月驻心头。

观彦水兄山水画作即目

望里群峰入莽苍，乱云飞瀑下重阳。
翠冈缭绕温婉气，寺塔凝涵紫色光。
眼底山河分野色，林间草木带寒霜。
丹青直可参同契，妙笔真能震四方。

画堂春·秦淮寻梦

秦淮梦里久咨嗟，平添诗意无瑕。昼宵灯影笼檐牙，柳叶透窗纱。

轻棹碧波七里，传来弦管琵琶。眼前巷口路横斜，王谢是何家？

江南春·古镇西塘掠影

桥卧月，柳垂廊。乌檐谈旧事，流水绕花墙。轻鸥一棹云迷路，侬语三声到宋唐。

观宾翁山水敬呈二韵

（一）

抱一归纯见素心，溪山聊助发高吟。

开图郁勃云烟起，欲湿衣衫墨溍涔。

（二）

淡浓色渍写崎嵚，太古清声纸上侵。

笔墨逍遥无世故，冥心玄化任晴阴。

盆景园赏柏有韵

谁家珍异柏，抱石倚清风。
妩媚姿横出，玲珑气自融。
腾挪遵仄径，远意驻苍穹。
赏罢留言否？呼哉造化工。

赏西晋陆机草隶书《平复帖》致敬张伯驹[1]先生

从碧先生大雅存，献缣百丈卷雄浑。
舍身护宝藏衣被，法帖而今尚且温。

①张伯驹：曾是《平复帖》的主人，倾家荡产所得，以命守护。

西江月·听小女弹筝

三叠寒香雪乱，须臾急响冰弦。花飞花落过山前，路转溪桥忽见。

一阵云崩地坼，折而慢捻螺钿。春风春雨沁心田，缕缕丝丝飘远。

为毓亮兄台作

耿毓亮兄台书法名家也。其字尤为多姿。草书点画蕴藉『醉翁之意』，篇幅之中往往一笔到底，任其枯湿，挪让得势，气息相贯，生动活脱，尽显跌宕之趣。但仍用心日苦，意诚志恪，于诸前贤莫不手摹心追，犹如家珍之在握。更喜见指腕神采间已探得毫发之妙运。小诗以助逸兴耳。

遣醉驰毫信手工，左盘右躄舞游龙。
颠张狂素惊呼问，何士风流觅我踪。

水调歌头·美国科罗拉多大峡谷咏怀

峡谷锁青霭，巨壑染霓虹。陆降洋蚀沉积，缘地壳升隆。劈断高岩如簇，横亘美洲广漠，万里觅仙踪。天降巨灵斧，玉宇醉鸿蒙。

越戈壁，穿绿野，破晴空。云端漫步，俯瞰画卷正无穷。遍踏千山万水，身历桑田沧海，世上可称雄。心底乾坤在，直向海云东。

书画笔会观友人作画戏赋

濡上娇红几瓣香，引来蝌蚪水中忙。
此间意恐无人会，更赋清词两三行。

怀柔雁栖湖『虹鳟鱼一条沟』山吧农家

鱼宴虹鳟负盛名，铁锅柴火慢炊羹。

农家飘出珍馐味。人似鱼儿作队行。

三赋鹧鸪天

（一）致筝尚乐团

雅意盈胸已有章，轻舒罗袖散清商。冰弦玉指翩翩弄，古韵心头婉婉扬。

承雨露，酿秋光，喜欣蓓蕾绽芳香。艺臻三境艰辛路，『筝尚』扬帆正启航。

致古筝演奏家杨阳（二）

素指清音入太苍，筝坛一亩守方塘。熙风沐雨流金露，白雪摧春溢翠浆。经酷暑，历寒霜，而今桃李郁芬芳。高山流水谁能解，多谢良师我举觞。

（三）筝曲《红水河狂想》观感

水映霞天翻酒浪，海惊涛怒溯钱塘。楫舟推浪湖山阔，敛雾收云月浸霜。

筝逸越，鼓镗铎，春风万里绿瑶乡。宏音大雅珠玑散，润我诗心百转肠。

清平乐·拜年

流年似水，一曲东风醉。腊尽春还猴续瑞，良夜无人入睡。

岁去满袖清香，眉边先绽华芳。莫道浅词句短，恭添福禄声长。

早春金陵梅花山观梅

云霞一片罩江南，朵朵琼花似曾谙。
十里芬芳迷翠麓，遥听三弄出烟岚。

阮郎归·过西泠忆苏小小

佳人原是蕙兰丛，清风相语喁。廿春尘世作飘蓬，孤山孤影瞢。
油纸伞，待青骢，西泠桃雨红。千年醉饮玉西东①，楼头盼雁鸿。

①玉西东：酒杯，指酒。出自辛弃疾《临江仙·春色饶君白发了》：画楼人把玉西东。此处指西湖水。

题友人画作《达摩面壁图》

禅祖西来转，本心恪守之。
因缘酬果善，妙觉证悲慈。
风雨龙蛇走，行深般若时。
九年观净土，端坐悟真知。

水龙吟·乙未年股市有感

大盘A股蓝筹，牛熊转换腥风雨。绿红闪烁，杀阴买涨，中坚散户。主力庄家，洗盘抛码，震仓鲸署。看跌停板下，套牢益损，谨严律，唯长路。

今日盈亏勿语，愚公志，岂容劫阻。俯冲探底，黄沙淘尽，绩优重估。岁月流华，人生跌宕，真堪如股。抱如金信念，初心不忘，日晞朝露。

寄语南京梧桐

虬枝天外去，翠叶覆苍龙。
心有通灵意，随公[1]到九重。

①公：指孙中山先生。

梅园新村见周总理雕像敬怀

丰碑心上立，两袖尽清风。
风雨情依旧，甘为大众公。

拜谒中山陵

推新改制立丰功，一片丹心为大公。
先圣钟山能伏虎，手持筇杖点霓虹。

浣溪沙·观蒋邦月先生画作《黄山》

未到黄山小不妨，先生画里识开张。身随云渺费思量。

远处晴岚铺锦绣，近前烟树系微茫。笔毫点染尽春光。

喜获赵朴初宗师书法两幅以记之

敬观法迹墨痕新，字字珠玑似酒醇。
妙入毫端留舍利，韵融腕底绝埃尘。
功深书味常流露，学盛谦光暗郁氤。
恭谢先生相授意，今兹持宝证诠真。

少年游·年少

只言那日晚凉天，明月照欢颜。茫茫人海，灵犀一点，卿印在眉间。

相知万里偿前缘，杨柳拂人肩。月下分离，辣情苦意，秋夜应知怜。

锦缠道·香山赏红叶

百里云霞，尽染万山如绣。画图开，世间佳构。冷枝横在斜阳后。坐爱秋深，梦里山容瘦。

步高岑玉华，眼收峦岫。美游人、歌中携手。探流溪、一片清波，水声如诗语，欲把心参透。

为尚锡彤先生寿

先生今岁八十春秋，精神矍铄，健步如飞。性豁达喜游历。世界各国风物如数家珍，尤醉心翰墨，所作花卉妍雅且鲜，一鸟一兽生动传神。特作小诗记之。

人世途程曼妙姿，晚年逸趣也如诗。
祝君增寿身长健，墨染丹青韵不移。

丙申三八节有寄

又见春光别样娇，何劳三月更相邀。
心中自有桃源境，一卷诗书伴寂寥。

浪淘沙·咏兰

凝碧复含烟，韵也翩翩。绛唇蕊吐百花先。丽质天成明晓月，祥瑞年年。

何事贬尘寰，伴鹤听泉。一抔净土做心田，绕槛清香挥不去，涵咏新篇。

满庭芳·法源寺赏丁香

街巷幽深，空门清寂，法源香刹氤氲。瑞烟轻爇，蒙醉俗中身。盘曲争开玉蕊，真个是、雅意方殷。东风里，悠然纵放，处处簇祥云。

销魂，当此际，枝垂篆簌，花雨缤纷。借绛仙葩紫，怡我心神。也好诗思绮丽，赋一曲、白雪阳春。依稀见，岁寒三友①，相顾话前因。

①岁寒三友：徐志摩、泰戈尔、林徽因。

见一代猫翁孙菊生《百猫图卷》1986年挂历赋句

曾闻图卷趣无穷，顾盼生姿各逞雄。

试问画坛驰骋辈，几人不识雪彡翁。

浪淘沙·一轮忧伤秋月夜

欹枕未成眠，心事难删。孤灯相对不相怜。冷月清霄人惋怅，心若熬煎。

珠泪写花笺，无语霜天。徘徊素影美婵娟。流水落花辜负了，岁岁年年。

鹧鸪天·诗友雅集

晓月寒霜树影斜，晚来相聚乐天涯。推敲平仄结诗友，幸遇良师笔放花。

听古韵，品香茶，喜欣诗苑吐新芽。相期雅集春常在，各奉丹心结绮霞。

琉璃厂古籍书店淘书小记

书肆新颜真气象，精抄旧椠满琳琅。
书中至味宜长索，万卷丹黄有主张。

蓄养金鱼已有年

盆器做天池，南溟拟比之。
我心愉已此，鲤意乐如斯。
唼喋争相语，浮沉巧逐追。
濠梁今有客，庄子莫颦眉。

观人画鹰

画中神俊眼睃巡，欲拟飞腾未有因。
旁观不能求甚解，物逢其主自明真。

七律　韵寄画家李启旺《牡丹蝴蝶图》

手提造化是神奇，落墨摧成几处诗。
魏紫姚黄开次第，庄周蝶梦变之宜。
倚栏亭北人千里，报答春光洒一卮。
生意无边天难泄，伴君不误写花期。

高阳台·哈佛校园漫步随想

绿草茵茵，喧风阵阵，啼莺鸟啭啾啾。嘉木绵绵，华滋掩映红楼。名扬四海芳菲地，我今来、到此悠游。独凭栏，沐浴荣光，静享清幽。

石碑耸立沧桑阅①，喜中华文脉，香遍方洲。学子峥嵘，训尊真理追求②。耆英隽雅流风韵。共扬帆、鼓浪催舟。叹人生、云路三千，笑我沙鸥。

①石碑：1936年哈佛300年校庆时胡适、宋子文等赠送。
②哈佛校训真理。

夏日雨后漫步香山

香山吾老友，雨后露真颜。
泉水鸣琚佩，峰峦拥髻鬟。
淡云随处见，啾鸟不曾闲。
有兴来吟墨，无妨好句悭。

赞故宫御花园墨牡丹

故宫御花园植有一株牡丹珍品墨牡丹。花开之际，红墙为衬，红牡丹与墨牡丹争奇斗艳，绿色的剑石与翠竹争辉，引得无数游人忘返流连。特作小诗以赞。

四月京城瑞气融，墨魁惊艳御园中。
檀心不拂游人意，馨冠千红韵不同。

故宫御园牡丹『二乔』

故宫御园植有『二乔』牡丹，一花两色，泾渭分明。出自洛阳，是洛阳牡丹之传统珍品。别名洛阳锦。

几枝红艳倚宫墙，独占春风第一香。
非是群芳甘俯首，从来富贵又祯祥。

《故宫御园牡丹『二乔』》

鹧鸪天·惠来寄意

蜃景云光莫费猜，葵阳瑞霭上瑶台。龙潭飞瀑珠玑落，海角甘泉碧境开。

藏雅韵，远尘埃，如霞心绪正和谐。春天故事圆诗梦，袅袅潮音贯耳来。

感邱士杰先生临摹敦煌壁画选展

沙鸣山外试燕支，摹绘敦煌绝代姿。
圆觉妙心清净住，施朱傅粉总相宜。

浪淘沙·红军长征过韶关

广东韶关纪念红军长征胜利八十周年

南粤太合融，追忆前踪。西征勇士步生风，突破敌军封锁线，建立奇功。

酹酒祭英雄，花放千重。韶关翠涌日轮东。铜鼓岭中碑耸处，猎猎旗红。

京西大觉寺赏玉兰

千年古刹雪团团，岂作人间俗物看。
直引好风穿殿角，自盈佳气漫雕栏。
初乘雨露禅师种，今散光华善信欢。
静观草花生意满，四宜堂内斗春阑。

五律　赞小女筝曲《海之波澜》

玉指泠泠发，翔鸥岂可驯。
雪涛惊浪叠，地籁瀑天绅。
忽遇山光潋，遥瞻海气真。
殊声胸次豁，妙契具同尘。

七律十章赋咏陶然亭

有幸与陶然亭毗邻而居，得处多矣。早晚闲步园中，虽有俗世烦扰，但亦有情寄佳处。亭中小憩，适意甫畅；登亭远眺，逸兴遄飞。陶然有亭大小三十六座，山上亭、水面亭、林中亭，亭亭飞檐翼然，以虚空之构造纳万境，每当汀风春溪月秋花繁鸟啼之时，万象送人，风情万千。余不揣浅薄，亦无忌拙句遗哂大方，然境心相遇多言情，兹咏十亭以见真心耳。

陶然亭情思

登临遐缅建亭人，选胜开轩几百春。
半亩荷莲通禅境，满湖烟霭渺长津。
苏堤诗意知幽趣，陶菊情怀见璞真。
且莫独游千载上，与君共醉一樽醇。

瑞像亭赋怀

亭宇清华气象新，巍峨冠冕耸精神。
飞檐拱月传心语，廊柱缭霞远俗尘。
自是高怀元落落，向来喜色见津津。
旧时寂寞遗陈迹，今日便安为社邻。

一揽亭冬日逸兴

好个牵云抱月身，拟将佳景待何人。
一亭幽静先鸣翠，几树虬槐暗藏春。
远豁清眸穷四暇，端遄逸兴揽无垠。
兹因已是桃源境，不为秦人更问津。

爱晚亭赏银杏

十万神兵自缕陈，钩稽严密不通宾。
秋容飒飒怀虚旷，夏意荫荫惠市民。
激越染金名可状，超然绝俗性犹真。
轻登石径倚栏望，爱晚亭前辟紫宸。

风雨同舟亭抒感

八角飞铃逸响真，新声鸣奏力千钧。
和谐天地从人愿，含蕴精诚泣鬼神。
静水深流澄广泽，翘檐高耸梦冰轮。
建亭颂德追前烈，勒石题名启后人。

二泉亭漫吟

耳边清响玉泉来，螭首喷花一鉴开。
疑是镜澄凉月冷，当真龙戏起风雷。
古人故事留遗迹，今日文章阐大才。
阿炳弦歌言不尽，吾将新韵满亭台。

湖心亭看雪

谁逢佳景不惊呼，堪幸和身入画图。
天上琼林银作界，湖心瑶阁玉为模。
禽踪篆霰浮花浅，鱼影纹冰暗笑愚。
姑射仙人情谊厚，此时标格似前无。

独醒亭前怀屈子

诗祖亭前不寂寥，苍松翠竹动吟啸。
摩崖刻石能醒世，餐菊纫兰自格标。
赤胆一身昭日月，辞章千载引浪潮。
但听华夏齐声诵，一日鹏抟入九霄。

兰亭戏水

也学鹅群戏墨池，散怀游目正当宜。
沙沙翠竹鸣弦管，濑濑清流泛酒卮。
两晋文人神尔畅，永和春禊咏乎痴。
世皆仰止兰亭序，今写诗行亦效之。

醉翁亭放怀

幽亭燕坐美鱼欢，半醉忘尘境自宽。
野水流回喧愈静，山风引入暑还寒。
轻飞檐翼呈新景，妙写诗文铸大观。
莫道中年多逸兴，且将石刻凝神看。

得白蕉先生墨兰感作

复翁海上有清誉，偶写幽兰任笔予。

态绰意浓香淡远，四时流转尚能余。

题张光彩兄画作《榴实图》

笔挟春风染绿芜，蝶蜂相逐舞溪湖。

山榴开口明珠走，比似青藤写意图。

少年游·杜甫草堂忆诗圣

浣花往事有余芳，茅屋韵悠长。为民歌哭，彻眉酸楚，椽笔句铿锵。

人间寒士犹多在，潭水即琼浆。万里桥西，竹烟客里，谁更比夫狂。

见嘉德春拍《一角小楼画语温——常任侠藏珍》缅忆常公

总布胡同觅雪鸿，音容笑貌忆心中。
立言著述传薪火，西竺东瀛唱大风。
书画藏珍丰且好，樱花吟集句宜工。
小楼一角生情景，手泽如新泪眼蒙。

拜谒大佛寺

莲台座下灿毫光，合掌何忧病与康。
但得心中存善念，南无我佛引慈航。

偶有闲寄

手端茶盏意难休，莫道中年不胜愁。
唯有蓼香陈普味，陶然一啜沁心柔。

风入松·谒南粤光孝寺

重光古刹起清风，檐牟欲腾空。梵音袅袅金莲涌。引慈航、敲响洪钟。照眼经幢烟锁，回头发塔云封。

琼林漫步觅禅踪，一树绿葱茏。鸟啼花满真如现。念声佛、自在圆融。同证菩提般若，心香一瓣玲珑。

贺《诗刊》创刊六十周年

风骚六秩建高瓴，撷揽幽燕万仞青。
更借潮声增雨势，树摇枝叶舞娉婷。

清平乐·滨海晓唱

津沽滨海，帆起舟欸乃。鸥鹭高翔惊晓籁，去往云来无碍。

幻鳞光，映红喜悦脸庞。小调忘形浅唱，鲜活鱼蟹盈舱。

苍茫霞

卜算子·端午风物之菖蒲

清姿水石间，不爱尘和土。碧养仙丛九节长，日月生华露。

自与众卉殊，只将幽芳吐。但守仁心化浊秽，翠色呈端午。

湘湖情思

天开胜境妙惊眸，我驾心舟碧水游。
借得湘湖波万顷，陡添诗兴笔锋遒。

临江仙·黄鹤楼追梦

云泊飞檐霞照影，几疑往古仙颜。引来群鹤舞翩跹。笛声风拂起，散落江城
到人间。浩渺烟波谁醉美？龟蛇相峙无言。今朝画境乐喧阗。
追梦处，谱作字清圆。

绝句二首为画家范艳群美之

吾友艳群，用功丹青，蕴养久之。淡泊恬静。东篱采菊南山悠然。日前惠我莲荷一幅，画中莲花妍雅且鲜。神清笔畅。莲叶昂首挺展，水墨渗晕，精熟婉润。鸳鸯依偎卿卿，悠游哦哦，天机灿烂。喜之记之。

（一）

艳群与我友情长，惠赠莲荷四季香。
每每展开凝视久，回回心静好清凉。

（二）

谁识丹青老斫轮，清荷泼就见丰神。
因知幻物生无象，画外功夫琥珀珍。

《绝句二首为画家范艳群美之》

二赋鹧鸪天　咏三门峡白天鹅

（一）

是处风光中意么？哦哦喔喔乐呵呵。迎霜泛浦金沙暖，戏浪鸣弦古渡和。

夕顾盼，日缠摩，双双俪影舞婆娑。一湖澄澈留诗梦，醉了三门醉了哥。

（二）

百态千姿逐水来，剪云破雾影同偕。眠沙畅叙绵绵意，泛浦轻舒澹澹怀。

函谷韵，禹门槐，一湖澄澈任伊裁。芳洲留梦冲天去，记取斜阳古渡台。

夜宿密云云湖度假村晨起远眺

云湖烟锁色空蒙，丽影难收数码中。
远际秋山堪胜意，枫栌烂漫慰情衷。

故宫武英殿敬观赵孟頫《胆巴碑》卷

时年六十三岁奉元仁宗敕命而作，为其晚年楷书代表作。

敬观法迹动心潮，台殿轻登一路高。

要把古人神韵借，兴来走笔亦锋豪。

蝶恋花·写个莲荷

荷芰风清清几许？醉那馨香，醉那馨香布。玉骨冰心魂净处，淤泥累裹何曾诉。

曳影一茎摇绿雾，出水亭亭，出水亭亭舞。别样柔情消褥暑，应时尊作莲塘主。

见住家里仁街墙报新添《宜居赋》有感

赋曰：里仁为美兮至圣哲言，宜居家园兮盛世共建。北依名校兮号曰十五，南邻嘉园兮有亭陶然。感慨良多，五律以抒之。

若问嘉园地，常居是答题。
校多龙虎跃，树好凤凰栖。
因信先贤训，不疑老幼携。
陶然闲散客，岂羡武陵西。

歌我家绿萝

我家阳台养植六年的绿萝已成藤老妖，几根主藤已有大拇指粗细。欲思攀云追，一幅天然绿窗帘。万千感激，呈五律以美之。

向日滋新蔓，难留岁月痕。
垂青萦我室，抱素守泥盆。
神奕芳华现，姿柔雅韵存。
而今谁舍与，此物有深恩。

浣溪沙·西山雨后

雨后重岚积翠光，轻风冉冉野花香。闲云一片岫岩藏。

万首，幽泉飞溅韵千行。游人雀跃往来忙。

七律　韵赞故乡橙橘

秭归橙橘近年来经科学培植，一年四季花果同枝，朱实殷殷。四时可摘果尝鲜，利惠乡民，感慨系之矣。

嘉橙常沐楚江烟，沃野深根度岁年。
花到繁时星缀碧，枝经霜处果争妍。
橘农采撷方盈手，网络营销已付钱。
馥郁清芬飘久远，四时泽惠永绵绵。

故宫武英殿敬观赵孟頫《秀石疏林图》

走近赵孟頫是对一位继往开来的艺术大师的认知，也是对一个时代的重读。

秀石疏林卷，生机岂可量。
幼篁知意趣，枯木赋沧桑。
飞白添姿韵，风流续二王。
几人同赵孟，千古气轩昂。

故宫燕翅楼观《千里江山图》感怀王希孟

发冠领高标，思情到碧霄。
铺毫仍肯润，敷彩未曾遥。
咫尺辽宏阔，千年响劲飙。
英才今若在，日日上头条。

小重山·西湖断桥漫忆

夕照雷峰日半偏。江南三月里、柳如烟。哦哦何处小灵仙？见说道、白衣正翩翩。

湖水碧于天。钟声鸣古寺、响连连。似闻风中有悲咽。人间事、莫问几回圆。

赞京西戒台寺雪中松

烟雾蒙蒙锁戒台，雪欺翠盖玉皑皑。
迎风待得涛声吼，大展虬枝喊快哉。

丁酉年重过三峡

不作寻常见，长江又一春。
平湖波荡漾，岩壁玉嶙峋。
天净三光丽，时和四序均。
眼前年少客，无复昔时人。

读屈原研究专家谭家斌先生数本文集有作

鼓呼奔走不知年，沥胆披肝屈子研。
兰畹在心开百亩，更期树蕙意拳拳。

又得阿老画作西班牙响板舞并缅怀先生

响板声中彩袖招，转蓬回雪舞飘摇。
想来阿老曾辣眼，画笔不怜小细腰。

水龙吟·致敬嘉德拍卖师

清腔殊韵须听，亦觞亦咏还如幻。骊黄牝牡，珍琛百万，纵横槌间。暗雨葳花，柔风过柳，行云舒卷。看运斤老手，斫轮鸣奏，创佳绩，推经典。

前路尤堪放目，愿年年、风光无限。角牙竹木，旧闻稽考，何时拍遍！逸品丹青，说来娓娓，犹如亲见。更逾成逸话，亿元开启，共欣荣冕。

读黄庭坚《花气熏人帖》后

先贤书锦句，纸上遗清芬。
似饮芳春酒，如何不半醺。

题画钟馗

红袍进士装，粉墨便登场。
使得菖蒲剑，人间拔不详。

浣溪沙·神农架香溪源探幽

百草野花夹岸稠，翠峦迭起鸟鸣啾，清风牵袂好轻柔。

崖险瀑飞冰碎裂，溪灵珠动玉横流，镜圈彩照几回头。

拜谒神农祭坛敬呈一律

坛前祈愿谷登丰，沐手焚香意不同。
感戴悬壶尝百草，追寻济世建奇功。
青山历历铭恩德，岁月悠悠尚古风。
莫道长眠湘鄂地，永存浩气贯苍穹。

赞九天居士刘晓林

晓林文赋最堪奇，品画论书有远知。
锦绣胸中横巨笔，几多清韵酿成诗。

风入松·又喜得画家薛林兴《贵妃醉酒图》漫咏

回眸一笑是千娇，新月上眉梢。伊将百宠君王爱，余付于、春梦春宵。三世三生情路，一支纤笔堪描。

腻胭霞晕似春桃，轻把玉卮抛。笙歌弦管何惆怅，舞霓裳、云髻花摇。来踏京华明月，长生殿内朝朝。

临江仙·有寄

阵阵春风来化雨，今朝相悦情浓。几番叮嘱眼迷蒙。醉看窗上月，梦里小帘栊。

每到别时心已碎，怎堪情字难封。人虽咫尺路千重，为君倾世守，无处问行踪。

明城墙遗址公园探梅

墙垣已作画图看，虬曲千株久郁盘。
腊尽暗浮无限意，密攒椒蕾领春寒。

明城墙遗址公园赏梅

老干虬曲似龙蟠，欲与残垣续古欢。
犹梦明人曾植此，枝头缀玉作奇观。

踏莎行·咏绿萝

挂树娴娴，依篱款款，翠鬟绿鬓风中散。窗前袅娜有谁怜，只留寒月殷勤伴。

藤绕轩前，蔓萦庭畔，素光一抹春光漫。也曾绮梦好年华，红尘回首青无限。

观齐白石画展敬呈

绿叶红花老画工，衰年变法化晴虹。
挥毫卷起屏间彩，泼墨催开叶底红。
俯首鱼虾潜碧水，回眸燕雀舞清风。
老萍留得春常在，纸上烟云气势雄。

故宫武英殿敬观李白《上阳台帖》真迹

《上阳台帖》乃李白唯一墨宝。全帖二十五字，自书其四言诗。山高水长，物象千万，非有老笔，清壮可穷。十八日，上阳台书，太白。

青莲逸韵妙天姿，浓墨清辞总应时。
万代诗仙休寂寞，高标我辈乃持之。

鹧鸪天·游白洋淀随想

云水仙乡是我家，横舟摆橹足生涯。慢煎腊蚕蒸河蟹，爆炒鲜鱿煮草虾。

青芦笋，白芹芽，鸡头菱角采些些。莲蓬嫩藕珍馐味，解腻还须海菜花。

白洋淀秋日雨后所见

雨足风凉暑气收，白洋淀上漾温柔。
鹭群不肯云天舞，雪影追桅伴客游。

白洋淀一日游即景

一方秀水豁明眸，缥缈轻烟入画柔。
艇挚船犁千里浪，光和波撼几层楼。
芙蕖溢色难辞夏，芦苇飞花早弄秋。
福地新区欣不负，再邀他日作神游。

虞美人·夜读纳兰

怕听云雀啼清晓，心绪萦多少？分明玉立貌依稀，不觉半窗花雨落多时。

为谁漫付春光瘦？直待深参透。读君遥夜味尤长，独自吟来别有好思量。

漫赋二绝为助片石兄台逸兴

赏兄台画作，翰墨深浓，烟霭融香，拙中越发见奇。青竹摇动，枝悠鸟语，杂花点点，芳草茸柔，溪滩纯净，山泉欢歌。令我感动。工作余暇笔勤不辍，今已画稿盈丰。愈深感兄台挥翰成风，渐臻妙境，应大美之。

（一）

故人浪漫似童孩，千里烟霞笔底裁。
万物皆成心上趣，赊来美景可清霾。

（二）

万朵千枝次第开，嫣红姹紫胜瑶台。
淡香浓彩何人醉，赏画亲朋湿泪腮。

临江仙·丰宁坝上

暂把烦恼抛脑后，丰宁信马由缰。一鞭挥动意驰扬。净心无挂碍，纵放野兴长。

雨骤风急花漫地，识香嬉水梳妆。白云牵衣越峰风。眼随碧野阔，神拟太苍翔。

天路草原掠影

垄间麦浪绿无涯，彩蝶纷飞逐日斜。
乐享胡笳醇奶酒，卧听上界语些些。

登蓬莱阁呓语

霞光掩映透溟天，中有真人羽驾舷。
掌上星辰编纪月，袖间云雨化甘泉。
渔民望海皆如愿，善信酬恩费泪涟。
闻说使君曾有迹，专精至道始通禅。

天命之年始学书自嘲

我亦狂人也，兴来搦管书。
持毫心入定，临帖手不疏。
池砚追云影，花笺运太虚。
兰亭他日约，觞酒自分予。

观于右任『为万世开太平』书法作品展

于右任被誉为『当代草圣』『近代书圣』。尤喜他在《写字歌》里言道：起笔不停滞，落笔不作势，纯任自然、自迅速、自轻快、自美丽。吾有志焉而未逮。他的草书骨法洞达，结构天成，意态奇逸，精神飞动，兴趣酣足。高寻白云逸，秀奇五岳雄。敬之仰之。

（一）

先生腕底有灵通，万点云随指顾中。

才见飞腾鸿戏海，又惊云卷势行空。

（二）

淋漓一气墨痕浓，犹见寒藤挂古松。

翁有神通知不尽，纵唐慢晋昊高峰。

房山张坊镇大峪沟村道中

西行张坊大峪沟，遍山小柿映双眸。
家家道侧翻红浪，应是丰年好个秋。

收克石兄《柿柿如意图》寄韵

馋人佳果缀霜枝，柿世祥和奉好词。
应是齐翁留画稿[1]，四时红绿总相宜。

①齐翁：齐白石，喜画柿子。克石乃齐翁再传弟子。

临帖《兰亭序》

摹写兰亭序，凌虚似坐禅。
方圆归予道，动静意为先。
撇捺成诗画，钩挑任自然。
跳将三界外，走笔做神仙。

观沈鹏先生『闻道未迟』诗书大展敬呈一律

鲐背春回莫谓迟，松青四月更宜诗。
文心绮丽清波涌，神采飞扬骏马驰。
云岫千身争窈窕，枯藤万岁斗蛟螭。
源流活水随情满，正是淋漓下笔时。

五律　为红星宣纸咏

若论宣纸好，格度数红星。
蝉获金牌奖，驰名玉版型。
书文千载润，染色四时馨。
过往能明证，烦君仔细听。

西江月·平谷金海湖泛舟

喜乘一波春水，揽收旖旎风光。时而聊发少年狂。频把抖音分享。

好梦尽随飞伞①，闲愁岂胜琼浆。已然忘却鬓边霜，心似秋千荡漾。

①飞伞：金海湖最刺激的游玩项目之一。

正定瞻龙藏寺碑

两晋龙藏法韵留，冲和精美笔锋遒。
刻碑记事原无意，后世追摹永不休。

为陈大章先生金碧山水赋

熠熠斜阳外，嘉禾四野欢。
趣真怀远志，气逸假毫翰。
聊借金勾线①，来雄虎踞蟠。
胸中丘壑广，占得水云宽。

①聊借金勾线：『大章皴法』，他的青绿山水融入工笔技法，勾以金线轮廓，评论界称之为金碧青绿山水。

八声甘州·临《黄州寒食帖》怀东坡

读坡公法帖十多行，几度泪如潮。叹无双国士，闲抛漫掷，屡罄箪瓢。半生浮槎苦海，旷达克艰劳。纵笔清风里，乐尽陶陶。

落寞难侵傲骨，享醉眼抱月，袖拂云飘。弄千堆卷雪，赤壁响惊涛。和陶诗、天风吹梦，算人间、李逸与苏豪。空怀感、有桃花处，满地萋蒿。

2019北京妫川世园会有怀绝句二首

（一）

妫川有乐奏喧阗，丝竹声声绕梦牵。
今日欲还前日愿，轻车直上胜飞鸢。

（二）

谁施巧手妙天工，扮靓妫川韵不同。
生态文明呈典范，自然画境趣无穷。

【2019北京妫川世园会有怀绝句二首】

七律　呈画家李星洲《云岭幽居图》

爽籁幽居润色深，一笺领略水云心。
江山入座清无暑，文史销闲静有琴。
灵鸟相呼原旧故，高人对弈是知音。
四时占得林泉乐，罄富胸中抵万金。

读黄庭坚《松风阁诗帖》后

银钩虿尾力千斤，大戟长枪势遏云。
留得一家『山谷体』，尽随万物出尘氛。

东戴河夏日晚眺

鸥鹭为群自在飞，海滨凉意上单衣。
千重翠浪冲烦暑，一片珠灯送夕晖。
拣石权当玩世味，听潮颇亦启禅机。
远天尽染胭脂色，照水遥遥静更微。

闲步海滩

此来再与海相亲，犹似初逢睹未真。
飞鸟自来还自去，从容不复旧时邻。

七律　故里告屈公

屈子而今不寂寥，魂归乡里勿须招。
芷兰餐菊漫溪岸，刻石摩崖引路桥。
惊喜田园皆墨客，直将笔砚写霞朝。
又闻邻社童声诵，白鹤高翔恰动箫。

临摹赵松雪法帖赋此纪怀

大笔高文恐难评，日书万字苦经营①。
雨来苍莽龙蛇起，秋入泬寥北斗明。
腕底应驱神鬼聚，毫端可与太虚争。
我于八法今初学，犹得蒙师意纵横。

①日书万字苦经营：传赵孟頫日书万字。

卜算子·法源寺赏丁香

法源寺赏丁香乃旧京三大花事之一。

俏紫幻

圣地看丁香，香刹花开早。银瑞摇风瑞雪凝，纵放枝头俏。

祥光，梵呗声声祷。解却人间百世愁，莫作多情恼。

孔庙国子监赏百年紫藤花

（一）

朱墙碧瓦万重霞，翠盖龙槐映日斜。
若问风香春几许？庭前十丈紫藤花。

（二）

千年太学百年花，璎珞垂垂绽紫霞。
何用好词怜素色，千年太学伴芳华。

偶拾得山水小景石有吟

云涌奇峰破晓岚，似曾相识在东南。
披麻解索皴擦润，方物如珍忆再三。

拜谒古刹潭柘寺

清和四月正当宜，潭水涓涓照鬓丝。
岁月铅华皆洗尽，好增福慧永加持。

小女首次教筝感怀

几年调弄素弦丝，元化分功十指知。
泉迸幽音离石底，松含细韵在霜枝。
清风扶竹萌萌哒，春雨浇花美美滋。
唯有此时心有慰，今朝可喜做人师。

有感学书

持毫寻墨韵，虽晚不须嗟。
频借春风意，催开满纸花。

雪晚漫步

睡前行数里，足迹趁微光。
如处尘氛外，身心乐且康。

西江月·莫名感怀

弹指流年箭发，悲欣本自天涯。无端世味薄如纱，行乐都成闲话。

或许豪情冲淡，鬓边暗染霜华。醒来夜半复愁加，月对天心最怕。

庚子新年武汉疫情致敬钟南山院士

受命江城战疫阿，丹心似火胜华佗。
疫情每当君临阵，三尺甘霖润碧莎。

汉宫春·庚子立春日遣怀

春已归来，看群聊里面，三尺波澜。无端疠疫，陡添料峭霜寒。年时闭户，到今宵、抑郁难欢。浑忘却、熏鸡酱肉，豆芽绿韭堆盘。相待东风从此，润南山百草，东海灵丹。深林满融淑气，鸟唱关关。何愁不展？有三山①、速克魔顽。须信道、年年岁岁，叶青花绽悠然。

①三山：钟南山、火神山、雷神山。

鹧鸪天·庚子雨水宅吟

整日新闻刷不停，疫情滚动好心惊。毒瘟滋散人皆恐，街巷声无户尽扃。

风肆虐，雨伶仃，春盹霾中可知青！临床盼减重症数，拐点迎来喜降零。

庚子春日咏槐

春放千花丽，心偏一树珍。
团风凝玉露，弄雪涤烦尘。
叶碧成往事，枝盘佑后人。
儿时情谊厚，近觉倍加亲。

浣溪沙·庚子疫情解封香山漫步

久宅看山怡性真，袭人薄霭散清氛。槐花天气惜芳辰。

是处林园明紫翠，晚晴亭阁倚嶙峋。逗留已忘几逡巡。

南海子公园秋日即景

南海子公园为北京四大郊野公园之一。昔日皇家苑囿。燕京八景之南囿秋风。

南囿又秋风，今非旧日同。
白鹅嬉水绿，候鸟醉枫红。
杏苑涛声远，芦汀棹影蒙。
自由天地里，麋鹿意融融。

好事近·新得翠笔杆喜吟

喜得翠毫杆，莹润稳成真好。兹此史经章句，只有它知道。

旧是新知，素笺共襟抱。妙契不须挥洒，隐显庄严貌。

物新人

辛丑除夕用韵

耳边彻响撞钟声，时序推迁岁丑正。
今夕扫除瘟疫去，明朝喜看瑞霞生。

浣溪沙·喜见香山卧佛寺蜡梅盛开

底事缘何佛作邻，黄姑端的是前身。檀心繁蕚有深恩。

不肯皎然争腊雪，只将孤艳散幽芬。故留禅意润清文。

卜算子·京西香山卧佛寺赏蜡梅

移种自仙家，腊雪轻黄弄。剪剪纤英锁暗香，一任清风送。安得憨

因缘，泽被禅林中。佛号经声度此身，自在谁人懂！

辛丑『三八节』致敬卫夫人

簪花新样巧，素字小泥银。
《笔阵图》惊世，《名姬帖》入神。
老身几试墨，痴白失天真。
逸少人皆羡，生来是近邻。

鹧鸪天·怀柔乡村春晨即景

姹紫嫣红随意开，堪怜造化总多才。扶娇弱柳初含黛，带笑夭桃暗结胎。

风润润，鸟排排，乡村一夜胜蓬莱。湖光水色如澄镜，岂待芜辞来剪裁。

临杨凝式《韭花帖》感赋

少师笔法有如神，信手拈来足可珍。
黄米董公[1]皆揣意，我今墨海作梁津。

①黄米董公：黄庭坚、米芾、董其昌。

为黄鹂小鸟咏（新韵）

黄鹂呈好语，歌啭入清弦。
照影澄波里，梳毛翠柳边。
夜栖新月偃，朝步落花闲。
我愿得兹鸟，玩之坐碧山。

再临《韭花帖》后

『韭花』气度染空灵，几许禅音曲径听。
云淡风轻无尽意，此间标格出华亭。

水调歌头·金山岭长城随想

云漫地平出，路拂半天来。回环烽堞逶迤，豪气荡胸怀。欲与英魂轻叙，忽有山林鸟语，喧沸使人猜。万物赋灵趣，皆可辨长才。古今事，须信道，是和谐。从来燕塞，凭此关险戍狼豺。东望浮生岚气，再眺粼光湖水，一洗旧尘埃。燧梦随风远，残壁入诗哀。

临《自书告身帖》与颜鲁公语

鲁公笔法出新奇，端楷皆成浪漫姿。
入古还须通篆籀，我今了悟莫嫌迟。

韵寄耿毓亮兄台写意《秋趣图》

君爱菊篱姿，云烟信笔驰。
亦知生物候，更醉蟹肥时。
深得南田秀，常窥造化为。
叶花随妙想，着意又新枝。

七绝　赞毛继昆先生写意牡丹

善绘姚黄富贵身，长留霜素别埃尘。
团团锦绣乾坤色，开谢无须问旧新。

为毛继昆先生写意孔雀赋咏

戏墨濡毫逞异才，灵禽羽翠送祥来。
花枝引韵仙音奏，黼黻屏帏四季开。

临颜真卿《祭侄文稿》感赋二绝

（一）

二十三行血泪滋，意随笔走自生姿。

皴擦直拔胸中气，振烁千秋祭稿词。

（二）

夙标幼德慰宗祠，唯尔庭兰众所期。

敌逼孤城方戳縠，读来字字发幽思。

陶然亭中秋看月

冰轮悬碧宇，野馥散疏藩。
露气生华发，安般守本元。
光寒空寂远，水瘦蓼花繁。
满地秋痕泻，何来一事烦。

浪淘沙令·壬寅冬奥会开幕即吟

圣火映颜红，含蕴深浓。今宵欢洽九州同。『双奥之城』新姿态，见证初衷。

虎步趁春风，赛道称雄。侧身一跃若惊鸿。搅动银花千尺浪，无问西东。

贺苏翊鸣单板滑雪大跳台夺金

驭风团影耀人眸，抓板回旋又五周。
今日竞坛欣得道，明朝叱咤兴遄遒。

赞首钢滑雪大跳台

跳台首秀『雪飞天』，炫酷丰姿网已传。
钢胆冰魂盈气象，轻舒玉臂拥娇鸢。

看冬奥高山滑雪后戏作

亦怀冰雪愿，直入海坨限。
走脊乘风去，携琼夺锦回。
翻旋千百度，哮吼一声雷。
趁适应须跃，何妨白发催。

望海潮·赞《雪中悍刀行》之剑神李淳罡

余儿时喜读金庸，『三杯吐然诺，五岳倒为轻』之江湖风云，令人难忘。《雪中悍刀行》剧中情兼雅怨，人物饱满鲜活，幽默且具烟火气。侠义恩怨与英雄情仇直击人心。唯真情大义可垂千古。

青衫孤侠，羊裘老叟，江湖一段歌谣。轻喝『剑来』，星垂野阔，空蒙化境迢迢。卓荦似天雕。劲风荡尘埃，捉鬼擒妖。两袖青蛇，团风运海九州摇。

痴情自古清寥。念霜华染鬓，壮志潜消。愁绪万般，沧桑几许，廿年听取江潮。重诺品行高，英雄肝胆在，岂肯轻抛。一曲人间绝响，归去拂云飘。

蝶恋花·伊人如梦

电视剧《芈月传》热播，远去的历史，人物鲜活。古风插曲耐人寻味。一时兴起循片尾曲意韵拟就二阕《蝶恋花》以尽兴也。

（一）

一段功过词笔赋。恰似繁星，种下情千蛊。往事难封萧泣诉，如初明月西风负。

尝尽人间离别苦。秋草枯荣，春暖花开怒。渭水涤伊心上楚，柔情铁腕江山付。

（二）

纵横朝堂伊信步。佳丽权谋，华服凭飞舞。赢取君心生死护，拼来社稷方坚固。　巍峨宫墙难再数。只有青山，依旧繁花树。枉羡斜阳追日暮，千年一瞬尘归土。

洞仙歌·夏日宿山居纪事

溪山好处，便足消长夏，高卧林泉好风雅。又谁家、满园桃李浓荫，谁家又、竹掩槿篱无那。追蝶穿花间，和雀欢喧，几度攀枝搭瓜架。拾点鲈莼浦，野荞芜菁，三两盏、何须猜讶。噫意表已迥出尘氛，散无限清兴，醉吟良夜。

京东蓟县盘山览胜（新韵）

身在山中不见山，顶峰健步也轻攀。
才经当路将军石，又过深幽暮雨湾。
梵刹磬音盈耳鼓，御题额匾画图看。
暂歇疲累匡庐去，消受松风万壑欢。

答百度周小弟并自嘲耳

走笔逸兴多，能经几琢磨。

法宗唐景度，意尚宋东坡。

丘壑胸中贮，风云腕底过。

纸笺浓墨在，请汝为吾歌。

【仙吕宫】后庭花·广场舞

华灯初上杪，低音频响炮，炫舞流风扇，劲歌健美操。步娇娇，分明年少，是青春撞腰。【青哥儿】带过曲，霜颜也曾殊妙，衰躯何止苗条，岁月如驹转瞬消。鬓雪飞扬趁今宵，情高蹈。

天净沙·西湖秋思

画桥烟柳轻舟，波光岛影荑柔。丝竹管弦会友，桂香盈袖，何曾负月一钩。

【南吕宫】骂玉郎过感皇恩采茶歌·农民工随想

打工在外身无恙，吃得饱，睡还香，一张照片心中漾。佼俏妻，慈爱娘，调皮匠。（带过）晨沐朝阳，晚送霞光。抖精神，勤手脚，把累扛。霜侵发间，汗挂腮庞。盼增收，憧愿景，梦盈筐。（带过）听笙簧，逛潇湘。美滋滋盖上新房。急切切烟花爆响，闹腾腾暖遍村庄。

【正宫】醉太平

旗飘户牖，花染山丘。金秋国庆喜心头，泪湿眼眸。天安门上华灯秀，长城脚下清弦奏，陶然亭畔史诗讴，中华矮牛。

后记

写诗乃业余为之焉。缘经营书画艺术品，故经年鉴赏丹青，静听墨语，着力性情，思怀与进。有幸结识诸多前辈，并得勗勉，获益良多。名家妙墨、方寸雅物常令我神畅志远，山朋水友、草木知己亦寄我逸兴幽怀。每足迹所至，以诗纪行，虽粗词俚句，浅陋碎语，始逖所欲言矣。

云笺寄己八年期，纸色泛黄沉吟意。兹删其芜陋，略按时序辑册诗词二百余首，乃发为吟咏，随手增益，实志在求教。未知同道师友评论何如。

然诗海盖无涯矣。一则常感性情日渐疏懒，恐被尘埃淹没，拨不动心弦。二则眷恋飞逝之岁月，追忆往昔之快意也。

幸逢盛世繁华，诗词亦为今时所尚也。权当凑热闹耳。

衷心铭谢沈鹏先生赐题书名。辛旗先生百忙之中为我作序。林峰先生贺诗鼓励。

感谢经济日报出版社和编辑部的老师们。特别是责编周播和编辑王孟一付出了巨大的辛苦，在此致谢。

锡沛

癸卯春五月